Julius Kögel

Petrus Lombardus in seiner Stellung zur Philosophie des Mittelalters

Julius Kögel

Petrus Lombardus in seiner Stellung zur Philosophie des Mittelalters

ISBN/EAN: 9783743387980

Hergestellt in Europa, USA, Kanada, Australien, Japan

Cover: Foto ©Raphael Reischuk / pixelio.de

Manufactured and distributed by brebook publishing software (www.brebook.com)

Julius Kögel

Petrus Lombardus in seiner Stellung zur Philosophie des Mittelalters

Petrus Lombardus
in seiner Stellung zur Philosophie des Mittelalters.

Inaugural-Dissertation

verfasst und der

Philosophischen Fakultät der Universität Leipzig

zur

Erlangung der Doctorwürde

vorgelegt von

Julius Kögel,
cand. theol.
aus Berlin.

Leipzig 1897.

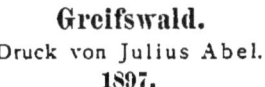

Greifswald.
Druck von Julius Abel.
1897.

… Meinem lieben Bruder Rudolf.

„Vox populi, vox dei" — dies Sprichwort, so wahr es an und für sich ist, trifft nicht immer zu. Nur mit Mass ist es anzuwenden, wenn es gilt, aus der Wertschätzung, die einem Manne in seinem Volk zu seiner Zeit zuteil geworden ist, die wirkliche Bedeutung desselben abzuleiten. Denn es ist eine alte, zu allen Zeiten bestätigte Erfahrung, dass die wahrhaft grossen Geister meist von ihren Zeitgenossen, ihren Landsleuten, nicht eine ihrer Tüchtigkeit entsprechende Beachtung, geschweige denn Ehrung erhalten. Dem gegenüber steht die andere, wohl nicht seltenere, aber doch weniger beobachtete Thatsache, dass die Volksgunst oft sich auf solche Persönlichkeiten wirft, die hinter den andern weit zurückstehen, und bei denen wenigstens die Nachwelt es sich nur mit Mühe erklären kann, was zu ihrem Ruf beigetragen habe. Im letzteren Fall ist es dann aber nicht ohne Interesse, der eigentlichen Veranlassung nachzuspüren, und eine solche Untersuchung wird auch meist nicht unfruchtbar bleiben, da sie uns manchen neuen Einblick in die Zeitverhältnisse und Zeitanschauungen, in vorübergehende Volksstimmungen gewährt und uns den Blick für die verschiedenen Geschichtsperioden weitet.

Zu den Erscheinungen, die bei Lebzeiten hochgeehrt, später immer mehr in Vergessenheit geraten sind, gehört im Mittelalter Petrus Lombardus, in unseren Tagen meist nur in ganz allgemeiner Weise als einer der Scholastiker bekannt. Drei Thatsachen seien nur angeführt um zu zeigen, in welch grossem Ansehen dieser Pariser Bischof und Universitätslehrer in seiner Zeit stand. Er ist aller Wahrscheinlichkeit nach der Allererste, der von der Pariser Universität durch Verleihung der Doktorwürde ausgezeichnet wurde.[1]) Sein Hauptwerk: „sententiarum libri quatuor," das in kurzer Zusammenfassung die ganze christliche Lehre bietet und ihm den Ehrennamen „sententiarum magister" einbrachte, erfuhr in kurzem eine ausgedehnte Verbreitung und fand allgemeinen Anklang;[2]) es wurde fast das ganze Mittelalter hin-

---

[1]) Rousselot. „études sur la philosophie dans le moyen âge. deuxième partie pag. 107." Protois. Pierre Lombard, son époque, sa vie, son influence ch. II.

[2]) Hauréau: de la philosophie scolastique: Piets ne compte pas moins que cent soixante commentaires des Sentences faits par les théologiens anglais. (S. 331).

durch, zum teil noch über dasselbe hinaus, dem wissenschaftlichen Unterricht in der christlichen Religion zugrunde gelegt. Petrus galt so sehr allenthalben als der Gewährsmann, dass eine Abweichung von seiner Ansicht ausdrücklich mit der Wendung „Magister hic non tenetur" hervorgehoben wurde, einer Wendung, die mit den Jahren fast kanonische Geltung erhielt. Selbst noch im 18. Jahrhundert stand sein Name hoch in Ehren und, so wird uns von Joseph Alberti[1]) erzählt, als französische Truppen 1733 durch das bei Novarra in der Lombardei belegene Städtchen Lumelogno, den Geburtsort des Petrus, zogen, haben Offiziere sich Bruchstücke des Geburtshauses als Reliquien mitgenommen. Welche gewaltige Hochschätzung spricht sich darin aus! Und wie steht er jetzt da? Fast vergessen, kaum noch genannt, nicht nur bei den Evangelischen, sondern auch in der römischen Kirche nur selten erwähnt! Wie ist das möglich gewesen? Diese Frage taucht naturgemäss in jedem Menschen auf, der sich vor einen solchen Gegensatz gestellt sieht. Wer ihre Lösung finden will, muss sich diesen Mann in der Beleuchtung seiner Zeit näher ansehen, muss sich in das 12. Jahrhundert, in dem jener gelebt, zurückversetzen und ihn sich in seiner nächsten Umgebung vorzustellen suchen.

Von diesem Gedankengange aus bin ich zu dem Thema geführt worden: „Petrus Lombardus in seiner Stellung zur Philosophie des Mittelalters" in der Annahme, dass die Philosophie als einer der Hauptfaktoren, wie zu allen Zeiten, so auch in jenen Jahrhunderten, das geistige Leben beherrscht hat, und sich gerade von diesem Gesichtspunkte aus am besten ein Überblick über die uns interessierende Periode gewinnen lässt.

A. Allgemeiner Teil.

1. Allgemeiner Überblick über die Philosophie des Mittelalters.

Alle neueren Werke,[2]) die sich über die Philosophie des Mittelalters auslassen, beginnen mit der Klage darüber, dass es keinen Abschnitt dieser Wissenschaft gebe, der in der historischen Behandlung so vernachlässigt sei, teils durch gänzliches Übergehen, teils durch falsche Beurteilung, wie gerade die sie beschäftigende Epoche. Mit der Zeit als solcher hat das geistige Leben leiden müssen.

---

[1]) Alberti, nouv. litt. d'Italie. (Hauréau, a. a. O., S. 331).
[2]) Protois, a. a. O. (préface); Rousselot, a. a. O., Bd. I. S. 1 Ritter. Gesch. d. Phil., Bd. VII, S. 29 ff.

Wie für die meisten sich im allgemeinen mit dem Begriffe des Mittelalters in erster Linie die Vorstellung von ungezügelter Roheit verknüpft, von gewaltthätiger Despotie, von ungeordnetem Durcheinander, von Raubritterwesen, kurz von Barbarei, ebenso hat die Bezeichnung der mittelalterlichen Philosophie, besonders in der Gestalt der Scholastik, einen ziemlich scharfen Beigeschmack erhalten von dialektischen Spitzfindigkeiten und rein verstandesmässigen, übertrieben scharfsinnigen Gedankenoperationen, und bei der blossen Nennung dieses Namens taucht vor dem geistigen Auge eine endlose Reihe von Distinctiones, Quaestiones, Membra, Articuli auf.[1]

Wie verkehrt das ist, wird jeder zugeben, der sich nur ein wenig mit den Werken eines Scotus Erigena, eines Anselm von Canterbury, eines Abälard, eines Thomas von Aquino, eines Duns Scotus, um nur die bedeutendsten zu nennen, befasst und bewundernd wahrgenommen hat, wie jene Männer trotz der geringen Hilfsmittel, die ihnen zu Gebote standen, sich nicht scheuten, die schwierigsten und weitgreifendsten Probleme zu berühren und in die tiefsten Tiefen und höchsten Höhen des Forschungsgebietes vorzudringen.[2] Es trifft auch hier das Dichterwort zu: „Alles will jetzt der Mensch von innen, von aussen ergründen, Wahrheit, wo rettest du dich hin vor der wütenden Jagd!" Und warum sollte der menschliche Geist im Mittelalter plötzlich zum Stillstand gekommen sein? Was sollte ihn zum Schweigen verdammt haben? Die Kirche, so ist vielfach behauptet[3] worden, hat damals keine wirkliche Philosophie aufkommen lassen, hat jegliches freie Denken im Keime erstickt, hat die Wissenschaft so dicht mit den Fangarmen ihres Dogmen- und Formenwesens umstrickt, dass dieser das Atemholen fast unmöglich gemacht wurde. Wenn auch manches berechtigte in dem Vorwurf liegt, so geht er doch viel zu weit. Das beweist uns eine nähere Betrachtung der scholastischen Philosophie.

Was ist unter „scholastischer Philosophie" zu verstehen? Es bezeichnet dieser Ausdruck keine bestimmte Richtung, wie man leicht meinen könnte, — die verschiedenartigsten Systeme der Philosophie, vom Dogmatismus bis zum Skeptizismus herab,

---

[1] Vergl. Alexander Halesius: „Summa theologica."
[2] Harnack, a. a. O., Bd. III, S. 312: Man kann sagen, dass die Scholastik ein einzigartiges, leuchtendes Beispiel dazu liefert, dass das Denken auch unter den ungünstigsten Bedingungen seinen Weg findet und dass auch die schwersten Vorurteile nicht stark genug sind, um es zu ersticken. In der Wissenschaft des Mittelalters zeigt sich eine Kraftprobe des Denktriebes und eine Energie, alles Wirkliche und Wertvolle dem Gedanken zu unterwerfen, wie uns vielleicht kein zweites Zeitalter eine solche bietet.
[3] Protois, a. a. O., chap. 1.

sind in ihr vertreten gewesen — sondern er bedeutet mehr äusserlich lediglich eine bestimmte Ausgestaltung der Philosophie, wie sie sich aus dem durch die Verhältnisse vordiktierten Problem ergab. Wie das gesammte Mittelalter unter dem Zeichen des Kampfes steht, eines Kampfes nicht mit unnützem, hin- und herwogendem Aufreiben der Kräfte, sondern mit dem stetig fortschreitenden Erfolg unvereinbar scheinende Elemente zu verbinden, so liegt auch der Scholastik das zu heftigen Geistesfehden führende Streben zu Grunde, zwei, wenn auch nicht feindliche, so doch vielfach getrennte Mächte in Harmonie zu bringen. Theologie und Philosophie[1]) — mag diese nun als die Magd jener angesehen, oder ihr ebenbürtig zur Seite gestellt werden — können diese beiden Gebiete überhaupt je vollständig auseinandergehalten werden, ja berühren sie sich nicht so eng mit einander, dass eins in dem andern aufzugehen, beide identisch zu sein scheinen? Gehen sie wiederum auf der andern Seite nicht von so heterogenen Grundlagen aus, dass sie kaum in einem Atemzuge zusammengenannt werden dürfen, verfolgen sie nicht so verschiedene Ziele, dass es das Aussehen hat, als müsste eins das andere ausschliessen, als könnten sie sich gegenseitig nur bekämpfen? Hier heisst es: „Eins in dem andern;" dort erweist sich als das Richtigere: Eins oder das andere; hier soll jeder Theologe auch Philosoph sein, dort wird der Theologie jede philosophische Seite abgesprochen. Welch grosses Unternehmen ist es somit im Mittelalter gewesen, diese beiden Gebiete, deren Grenzen bald als vollständig fliessende, bald als unüberwindlich feste gelten, zu Einem umgestalten zu wollen. Gross ist das Beginnen gewesen, gross aber auch der Erfolg! Es ist sicherlich einzig dastehend, was das Mittelalter bei diesem Versuch geleistet hat. Wie die gewaltigen gothischen Bauwerke auf der Erdoberfläche, erheben sich die einzelnen grossartigen Systeme über das allgemeine Niveau des Geistes, auf festen, starken Pfeilern ruhend, bis in die erhabendsten Gotteshöhen ragend, aufs feinste im einzelnen ausgearbeitet, bis auf die kleinsten Pfeiler, die Rosetten und die unscheinbarsten Verzierungen. Wie das Mittelalter sicherlich grosses nach dieser Seite hin zu stande gebracht hat, so hat dasselbe zu gleicher Zeit auch die Unmöglichkeit des Unterfangens klar herausgestellt, es hat mit seiner Lehre von der „zweifachen" Wahrheit zur Erkenntnis gebracht, dass Theologie und Philosophie wohl zwei Wege sind, die sich nicht einmal, nein vielfach kreuzen, doch ohne gemeinsamen Ausgangspunkt und ohne gemeinsames Endziel.[2])

---

[1]) Hauréau: a. a. O. S. 3—5. (zu beachten ist die feine Auseinandersetzung über den Zusammenhang zwischen Theologie und Philosophie).

[2]) La foit et la raison sont deux puissances distinctes mais pas

Doch mit diesem Problem ist das Wesen der scholastischen Philosophie, oder, wie nach dem Vorhergehenden mit demselben Rechte gesetzt werden kann, der scholastischen Theologie, noch nicht erschöpft. In dem Begriff „Scholastik" liegt noch ein besonderes Moment. Möge man die Etymologie dieses Wortes bestimmen wie man will, möge man es direkt ableiten von dem im Spätlatein gebräuchlichen Scholasticus „als zur Rhetorschule gehörig," oder von einem wenig gebräuchlichen Kirchenamte, das hauptsächlich mit dem Schulwesen zu thun hatte — das letztere scheint mir mit Ritter unwahrscheinlich[3]) — es ergiebt sich für uns in jedem Falle dieselbe Folgerung, dass nämlich mit diesem Ausdruck die Anwendung einer bestimmten Methode betont werden soll. Dies ist allerdings ein Faktor, der in ganz hervorragendem Masse das Wesen der Scholastik mitbegründet, und der allein das einigende Band derselben ausmacht. Das oben ausgeführte Bestreben der Vereinigung von Theologie und Philosophie erforderte zu einem allenfalls erfolgreichen Ausgang eine bestimmte Methode. Die Materie lag fertig vor, das Dogma in der Theologie war nach den gewaltigen Kämpfen der ersten Jahrhunderte im grossen und ganzen abgeschlossen, es handelte sich nun darum, diesen Stoff in die entsprechende Form zu giessen, und um einem solchen schwierigen Werke gerecht zu werden, musste dieselbe ein bestimmtes Gepräge erhalten und besonders fein ausgearbeitet sein. So kam es, dass die Scholastik ihre Hauptkraft der Dialektik zuwandte und darin ihre Stärke suchte, und so sich ins einzelne verlierend im grossen und ganzen unfruchtbar blieb. So kam es auch, dass sie namentlich infolge der Uebertreibung der späteren Zeit, wo die Form überhaupt an Stelle des Inhalts gesetzt wurde, dem bekannten übeln Ruf anheimfiel.

Welches sind nun die äusseren geschichtlichen Momente, im Verlauf deren die Scholastik ins Leben gerufen wurde?

Der Gang der Wissenschaften hat in keiner Zeit sich den Einflüssen des natürlichen Lebens entziehen können, doch niemals ist das so sehr der Fall gewesen, wie im Mittelalter. Da spiegelt sich in der Entwickelungsgeschichte der Philosophie

---

ennemies et ne sauraient se passer l'une de l'autre. (Protois a. a. O. chap. I).

Harnack: a. a. O. I. S. 380: Das Christentum ist Philosophie, weil es einen rationalen Inhalt hat, weil es über die Fragen einen befriedigenden und allgemein verständlichen Aufschluss bringt, um welchen sich alle wahrhaften Philosophen bemüht haben; aber es ist keine Philosophie, ja eigentlich der kontraire Gegensatz zu derselben, sofern es aus Offenbarung stammt, d. h. einen supranaturalen, göttlichen Ursprung hat, auf welchem schliesslich allein die Wahrheit und Gewissheit seiner Lehre beruht.

[3]) vergl. Ritter a. a. O. S. 112.

der allgemeine Lauf der Dinge wieder. Wie die neuen Volkselemente im allgemeinen in das Erbe der alten Zeit eintraten, so hatte im besonderen der Geist nicht erst nach Nahrung zu suchen, er fand die reife Frucht der Bildung vor und hatte nur nötig, sie in der rechten Weise sich anzueignen, sie seinen Bedürfnissen entsprechend zu zerlegen. Wie es ferner trotz teilweise zähen Festhaltens an seinen Eigentümlichkeiten und trotz einer gewissen Abgeschlossenheit dem germanisch-romanischen Charakter gegeben war, die alte Welt als solche bald in sich aufzunehmen, so trat diese Anschmiegsamkeit in ganz hervorragendem Masse auf intellektuellem Gebiet hervor; es war nicht etwas neues, was, da geschaffen wurde, es war ein Weiterarbeiten auf gegebener Grundlage, ein Sichanlehnen an vorhandene Bestandteile, wie das erste bedeutende System eines Scotus Erigena in wunderbarer Weise zeigt. Wie es sich im Mittelalter um einen Kampf zwischen weltlicher und geistlicher Macht handelte, um das Streben, beide in einander aufgehen zu lassen, und wie sich hier zeitweise ein scheinbares Gelingen des Versuches zeigte, durch Obsiegen des einen oder des andern Faktors, so reichten sich im speziellen damals auch, wie wir gesehen haben, geistliche und weltliche Wissenschaft die Hände und suchten einen festen Bund für alle Ewigkeit zu schliessen, der aber nur so lang von Dauer war, als die eine der anderen sich unterordnete. Und ist es schliesslich nur ein zufälliges Zusammentreffen, dass der Verfall des Papsttums auch den der zeitgenössischen Wissenschaft nach sich zog. Ist das nicht vielmehr ein Zeichen dafür, wie fest diese letztere mit ihrer Zeit verknüpft war? Es darf nun nicht übersehen werden, was die mittelalterliche Kirche hierbei geleistet hat.[1] Sie ist die Erzieherin der jungen Völker gewesen, ihr ist es zu verdanken, dass die alten Geistesschätze nicht vergessen und verachtet vermoderten, der Fleiss der Mönche in den Klöstern hat unvermüdlich daran gearbeitet, dieselben aus dem Trümmerhaufen der Vergangenheit hervorzuscharren und der Nachwelt möglichst vollständig und unversehrt zu überliefern, und es ist eine für sich sprechende Thatsache, dass die meisten Gelehrten jener Epoche Kleriker gewesen sind.[2] Es erscheint demnach als ein grosses Unrecht gegen die Kirche, ihr, wie geschehen ist, in jener Zeit einen lediglich schlechten Einfluss auf die Geistesbildung zuzuschreiben, sie hinzustellen als eine, die jede freie Regung wie überhaupt, so speziell auf diesem Gebiet, unterdrückt, die dem Adler die Flügel beschnitten und ihn gehindert habe, sich in die weiten Lüfte zu erheben.

---

[1] Ritter: a. a. O. S. 76 ff.
[2] Hauréau: a. a. O. S. 2.

Und doch hat nicht dieser Vorwurf auch etwas berechtigtes? Ist es nicht der Fehler der Kirche gewesen, die Wissenschaft, als sie nun mündig geworden, noch zu sehr unter ihrer Aufsicht gehalten zu haben, ihr die ehemals heilsamen Regeln zu lange vordiktiert, zu schroff ihr auch noch in der Reife die Richtung angegeben zu haben, in der sie sich bewegen sollte. Das ist sicherlich das schwerste, aber auch notwendigste Stück in der Erziehungskunst, zur rechten Zeit dieselbe einzustellen, der Freiheit das ihr gebührende Mass einzuräumen. Hierin vornehmlich hat sich die Kirche jener Zeit den ihrer Obhut und Leitung anvertrauten Nationen gegenüber vergangen, und wie ihr auf der einen Seite damals der Aufschwung des Menschengeistes beizumessen ist, wie sie die herrliche Blütezeit wissenschaftlicher Forschung heraufgeführt und gefördert hat, so trägt sie auf der anderen Seite auch die Schuld an dem allmählichen Verfall derselben.

Gehört diese Uebersicht überhaupt zum Thema? Nur wenn das Zeitgemälde den Hintergrund bildet, kann sich die Figur des einzelnen gut abheben, kann seine Stellung die rechte Beleuchtung erfahren. Ebenso ist für den gegebenen Fall diese Kenntnis besonders wichtig, da, wie sich zeigen wird, Petrus wie kein anderer die Züge seiner Zeit an sich trägt.

Welches ist aber das Ergebnis der Untersuchung? Sie hat den Zweck gehabt, einmal das innere Wesen der mittelalterlichen Philosophie darzustellen, mit dem doppelten Kennzeichen der Einheit von Philosophie und Theologie in der Form der Dialektik, sodann die äussere Entwickelung klar zu legen, wie sie sich inmitten der in das Geisteserbe der Vorzeit eintretenden jungen Volkselemente unter Leitung der Kirche vollzog.

2. Allgemeine Charakteristik der Stellung des Lombarden zur Philosophie des Mittelalters.

Welche Stellung nimmt Petrus Lombardus diesen erörterten Zeitfaktoren gegenüber ein?

Wie hat er in den Verlauf der Dinge eingegriffen, wo ist er einzureihen?

Zuerst ist da die Frage zu erledigen, ob der Lombarde überhaupt Philosoph zu nennen ist, und inwieweit er als solcher in Betracht kommt. Die allgemeine Beurteilung gelangt hierüber zu einem ziemlich negativen Resultat. Hauréau[1] zeichnet ihn als gleichgültig den philosophischen Fragen gegenüber. Rousselot[2], der sonst sehr ausführlich den ihm dargebotenen

---
[1] Hauréau: a. a. O. S. 330.
[2] Rousselot: a. a. O. II. 103—107.

Stoff behandelt, schenkt ihm auch nur wenige Seiten, wohl mit dem Hintergedanken, dass er nur uneigentlich zu seinem Thema, der Philosophie des Mittelalters, gehört. Ritter[1]) glaubt gleichfalls bei ihm als einem der Philosophie ferner Stehenden kürzer sein zu können. Protois[2]) in seiner Monographie über Pierre Lombard kommt zu dem Resultat, dass jener auf der einen Seite kein strenger Philosoph gewesen; dass er auf der andern Seite dennoch auf die Geschichte der Philosophie einen grossen Einfluss ausgeübt habe. Dieses letztere Ergebnis einer eingehenden Untersuchung liegt der folgenden Betrachtung zugrunde. Es ist in erster Linie — reden wir von den Philosophen des Mittelalters — in aller Schärfe zu betonen, dass der Lombarde, streng genommen, zu ihnen nicht gerechnet werden kann. Ihm fehlte die Hauptsache dazu; er ist kein Original gewesen, er hat nicht produktiv die Philosophie in irgend einem Punkte weiter gefördert; seine Begabung liegt lediglich auf dem Gebiete der Reproduktion; er hat kein neues Licht in das Dunkel der bis dahin noch ungelösten Räthsel fallen lassen, er hat fast nie ein entscheidendes Wort zu den schwebenden Problemen gesprochen, nur vorübergehend seine Stellung zu den wissenschaftlichen Fragen kundgegeben, kurz, er ist in keiner Weise epochemachend vorgegangen. Der beste Beweis dafür ist der Umstand, dass kein abgeschlossener Schülerkreis sich um ihn gesammelt hat, keine ausgesprochene Richtung ihn zu ihren Meistern zählt — alle Parteien von der mannigfaltigsten Färbung haben aus ihm als Quelle geschöpft.

Aber derartiges, wie das Besprochene hat Petrus Lombardus überhaupt weder leisten wollen noch leisten können. Er hat es nicht leisten wollen, er hat sich gar nicht als eine Philosophennatur aufgespielt und verfolgt mit seinem Werke einen geradezu gegenteiligen Zweck[3]). Dasselbe sollte nicht dazu dienen, neue Gebiete zu erschliessen, oder die alten Gedanken neu zu befruchten, sondern vielmehr dazu, dem fortgesetzten philosophischen Streite endlich ein Ziel zu setzen, im Kampfe der Geister den Frieden herbeizuführen. Die Blicke seiner Zeitgenossen auf die heilige Schrift und die Kirchenväter zurücklenkend, an deren Autorität erinnernd und

---

[1]) Ritter: a. a. O. S. 475.
[2]) Protois: a. a. O. S. 40.
[3]) Hauréau: a. a. O. S. 331.
Protois: a. a. O. chap. II. Au lieu de chercher la vérité en s'éclairant des seules lumières de la raison. Pierre Lombard préféra la prendre toute formée dans l'Ecriture et dans les Pères. Il voulut mettre dans son libre un terme aux discussions, dans lesquelles on faisait entrer les matières théologiques: il s'y appuie sur l'autorité de la Sainte Ecriture et des pères qu'il n'a pas puisés tous à la source même.

deren Anschauungen zusammenstellend dachte der Lombarde den Disput ein für allemal abgeschnitten und die Grundlage für ein friedliches Weiterbauen gelegt zu haben. Dass nachher gerade das Gegenteil eintrat, dass durch jene zusammenfassende Übersicht die Zwietracht noch geschürt wurde, dass die verschiedenen Parteien froh waren, bei ihren Streitigkeiten ein bequemes Nachschlagebuch zur Orientierung zu haben, das lag an den Zeitverhältnissen und war nicht des Lombarden Schuld. Seine Absicht ist die redlichste gewesen, wie sie sich in seinem prologus in libros sententiarum ausspricht. Dort sagt er unter anderem: Zelo domus Dei inardescentes fidem nostram adversus errores carnalium atque animalium hominum Davidicae turris clypeis munire vel potius munitam ostendere ac theologicarum inquisitionum abdita aperire nec non sacramentorum ecclesiasticorum pro modulo intelligentiae nostrae notitiam tradere studuimus[1]). In weiterem geisselt er gerade diejenigen, welche eigene Weisheit lehren, welche das Nützliche dem Guten vorziehend durch ihre Machwerke glänzen wollen und dabei den Leuten nach dem Munde reden, quos iniqua voluntas non ad intelligentiam veritatis, sed ad defensionem placentium incitat, non desiderantes doceri veritatem, sed ab ea ad fabulas convertentes auditum, quorum professio est magis placita quam docenda conquirere nec docenda desiderare, sed desideratis doctrinam coaptare.

Wir sehen also, worauf es Petrus mit seinem Compendium abgesehen hat, es war ein nach rückwärts weisender, Gegebenes wiederholender Abschluss, und darin liegt es begründet, dass ihm der Titel eines Philosophen an und für sich auf jeden Fall abzuerkennen ist.

Ein Gleiches folgt auch aus der dem Lombarden eigentümlichen Naturanlage, die nunmehr näher zu betrachten ist. Als Haupteigenschaft tritt bei ihm eine grosse Aengstlichkeit und eine damit eng verbundene scheue Zurückhaltung hervor; ein Zug, der in der Regel grossen Geistern fehlen wird, der wohl Talente, aber nicht Genies hinter sich vermuten lässt, der eigene Gedankenprodukte am Aufkommen hindert. Der Grund für seine fast übertriebene Schüchternheit ist vor allem in seiner Entwickelung, in der Erziehung, die er genossen hatte, zu suchen. Von armen Eltern geboren, hat er von Jugend an von der Gunst fremder Leute leben müssen und hat früh der Kirche zur Erziehung übergeben, in ihrem Schutze geborgen, fern von dem Weltgetriebe seine Tage zugebracht. In Bologna durch die Gnade des Bischofs von Lucca, in Rheims bei Bernhard von Clairvaux und schliesslich in Paris in der Schule von St. Victor hat er seine Ausbildung

---

[1]) vergl. I 2 C, 4 B.

erfahren und hat hier hinter den stillen Klostermauern wohl viel Nahrung für seinen unersättlichen und unermüdlich eifrigen Geist gefunden, aber keine Gelegenheit, seinen Charakter zu stählen. Er ist eine von jenen im Mittelalter nicht ungewöhnlichen, stillen, träumerisch veranlagten Naturen, die für's praktische Leben verdorben, es als einen Segen empfinden, dass die Kirche sich ihrer frühzeitig annimmt, die ihren Sinn unverwandt auf die Wissenschaft gerichtet haltend, für das, was draussen vorgeht, kein Verständnis haben, an deren Ohr nur selten und ganz gedämpft der Lärm der ausserhalb tobenden Kämpfe dringt. Was Wunder, wenn solche zur Zurückgezogenheit neigenden Gemüter durch diese beschauliche Lebensart immer in sich gekehrter werden, immer weniger nach aussen hin sich geben können! Die Unselbständigkeit des Lombarden, sein Mangel an Selbstbewusstsein, sein ausschliesslich auf's Innere gerichteter Sinn zeigen sich in allem, was wir von ihm hören, und gehen schon daraus hervor, dass wir überhaupt so wenig über seine Person und sein Wirken, abgesehen von seinen Schriften, wissen, dass er in seiner hohen Stellung so wenig hat von sich reden machen. Jene Eigenschaften schimmern aber auch allenthalben in seinen Ausführungen durch, so in den häufig wiederkehrenden Wendungen,[1]) wie: „hoc novit deus", in „huius quaestionis solutione mallem alios audire quam docere", „definire non sufficio" — vor allem aber in den Anfangsworten seiner Einleitung: „Cupientes aliquid de penuria ac tenuitate nostra cum paupercula in gazophylacium Domini mittere, ardua scandere, opus ultra vires nostras agere praesumpsimus, consummationis fiduciam laborisque mercedem in Samaritano statuentes qui prolatis in curationem semivivi duobus denariis, superroganti cuncta reddere professus est. Delectat nos veritas pollicentis sed terret immensitas laboris; desiderium hortatur proficiendi sed dehortatur infirmitas deficiendi." In Anspielung auf diese anspruchslose Einführung hat Dante wohl auch in seiner Comedia divina, da er jenem im Paradies einen Platz unter den „Kirchenlichtern" einräumt, folgende Verse geschrieben:[2])

„Die andere (Leuchte),. welche prangt an seiner Seite, war jener Petrus, welcher den Tribut der armen Wittwe gleich der Kirche weihte".

Ein rührendes Beispiel von des Lombarden Bescheidenheit ist auch die bekannte Geschichte,[3]) die uns aus seiner letzten

---

[1]) libri IV. sent. IV. 13. A.; 11. A.; I. 40 C.; vgl. IV. 11 C., 12 A.; I. 19 O.
[2]) Dante: „Com. div. (Otto Gildemeister) Paradies Gesang. X."
[3]) Gall christiana t. VII.

Lebenszeit erzählt wird, wie er seine Mutter, die vor ihm, dem berühmten Bischof, in Feierkleidern erscheint, nicht eher erkennen und in die Arme schliessen will, als bis sie wieder ihr ärmliches Alltagsgewand angezogen hat.

Protois[1]) hat demnach vollkommen Recht, um das Gesagte zusammenzufassen, wenn er über Petrus wie folgt urteilt: „Il était un esprit circonspect, ami de la paix, respectueux pour l'autorité, aimant par dessus toute la vérité révélée et trouvant son repos dans une foi humble et soumise".[2])

Wozu diese Abschweifung über das Leben und Wesen des Lombarden? Sie soll erklären, wie es gekommen ist, dass jener, der einst so viel versprechende Jüngling, sich darauf beschränkt hat, das Licht seines Geistes in dem Wiedergeben und Zusammenstellen von Ansichten, die vor langer Zeit ausgesprochen waren, leuchten zu lassen. War dies auch mit viel Mühe verbunden, und erforderte es unermüdlichen Fleiss, so war es doch keine Arbeit, die des Schweisses der Edlen wert, den Ehrgeiz eines selbständig denkenden Kopfes befriedigen konnte. Petrus erscheint also gerade als das Gegenteil seines heiligen Patrons, nach dem er genannt war, des Apostels Petrus. War dies ein feurig vorwärts stürmender Mann, der sich kühn in die wogenden Wellen stürzte, dem Herrn entgegen, so hat sich jener als eine sinnende Natur geoffenbart, die es ängstlich vermied, zu sehr aus sich herauszutreten, und die mit stillem Sammelfleiss der Sache, welche die Kirche vertrat, zu dienen suchte.

Die Betrachtung hat bisher nur die eine Seite der Münze berücksichtigt. Trotz seiner abweisenden Stellung hat Petrus doch einen grossen Einfluss auf die Philosophie seiner Zeit ausgeübt; seine Bedeutung für dieselbe darf nicht unterschätzt werden. Dies im allgemeinen näher darzulegen, ist die Aufgabe des folgenden Teiles, und es ist hier im Gegensatz zu dem vorhergehenden mit besonderem Nachdruck darauf hinzuweisen, welch ein grosses Verdienst sich jener durch sein

---

[1]) F. Protois: a. a. O. pag. 41.
[2]) In welche schiefe Stellung den Lombarden seine grosse Schüchternheit gebracht hat, wie sehr sie seine Ausdrucks- und Schreibweise, seine ganze Darstellung beeinflusst hat, beweist auch der ihm von Joh. v. Cornwall u. Walther v. St. Victor wohl fälschlich in die Schuhe geschobene Nihilianismus. Dass er der ketzerischen Lehre beschuldigt worden ist, Christus sei secundum quod homo non aliquid, erklärt sich nur daher, weil er sich nicht klar ausgesprochen und sich nicht zu einer der drei aufgestellten Ansichten (III. 6.) entschieden zu bekennen gewagt hat. Denn aus distinct X, wo allerdings auch noch Manches im Dunkel bleibt, geht hervor, dass er die ihm zum Vorwurf gemachte Ansicht nicht teilt, dass er die Gleichsetzung von substantia rationalis u. persona, somit die Wahl: aut nihil aut persona für unberechtigt hält.

Sammelwerk erworben, welchem Notstande er damit abgeholfen hat. Es konnte nicht ausbleiben, dass in jenen Zeiten, die wie wenige andere nach Bereicherung und Vertiefung ihres Wissens dürsteten, ein Buch, welches eine Blütenlese der tiefsten und durch ihr Alter geheiligten Aussprüche über alle Fragen und Gedanken der Theologie brachte, grosses Aufsehen erregte und mit ungeteiltem Beifall aufgenommen wurde. Um einen Begriff von der Wirkung, welche die Sentenzen hervorrufen musten, zu erhalten, erinnere man sich nur an die damaligen Verhältnisse und vergegenwärtige sich, mit welchen Schwierigkeiten das Studium in jenen Tagen verknüpft war, wie der Stoff schwer zugänglich, wieviel Mühe, Zeitverschwendung schon allein das Nachlesen und Vergleichen mit sich brachte! Hier wurde nun die willkommene Hilfe geleistet, hier bot sich ein Buch dar, welches die wichtigsten Stücke aus den Kirchenvätern in sich vereinte, ein Buch, welches ausserdem sich durch seine geschickte, übersichtliche, wohlgeordnete Durchführung,[1]) durch seine handliche Form selbst empfahl, das auch durch die selbstlose Art des Auftretens, die fern davon war, die eigene Ansicht aufdrängen zu wollen, angenehm berühren musste. Luthers[2]) Urteil über den Lombarden sei hier angeführt:

„Wollen wir der Väter Sprüche vergleichen, so lasst uns magister sententiarum fürnehmen, der ist in diesem Werk über die Maasse fleissig, und uns lange zuvorkommen. Denn derselbe hat auch solche Anfechtung von der Ungleichheit der Väter gehabt, und solcher Sachen abhelfen wollen. Und meines Achtens, hat er es besser gemacht, denn wir's machen würden. Und du wirst in keinem Concilio, noch in allen Concilien, dazu in keinen Vätern so viel finden, als in dem Buch sententiarum. Denn die Concilia und Väter handeln etliche Stücke der christlichen Lehre, keiner aber handelt sie alle, wie dieser Mann thut, oder jedoch die meisten."

Es liegt also auf der Hand, welch eine reiche, unerschöpfliche Fundgrube für das ganze Gebiet der Theologie die Sentenzen bildeten.

Doch abgesehen von diesem mehr äusserlichen Gesichtspunkt, der sich noch weiter ausspinnen liesse, — ist es denn ferner nicht in den ganzen Zeitverhältnissen und in der Natur jener Schrift begründet, dass hier eine enge Berührung mit der Philosophie stattfand? Ist es denkbar, dass in jener

---

[1]) Hauréau: a. a. O. S. 331.
Protois: a. a. O. chap. V. (une clarté admirable, une précision rigoureuse, une briéveté remarquable).
[2]) Luther: gesammelte Werke Bd. 25 S. 258.

Epoche, in der, wie gezeigt ist, Theologie und Philosophie eng verschmolzen waren, einer, der sich so eingehend mit der ersten Disziplin beschäftigte, der zweiten fortgesetzt den Rücken zuwenden konnte? War es in jener Periode möglich, bloss objectiv referierend sich zu verhalten? Musste Petrus nicht, so vorsichtig er auch in dieser Beziehung sein mochte, seine eigene Ansicht durchleuchten lassen, zumal da es nicht fehlen konnte, dass sich bei seinen Gewährsmännern hier und da Widersprüche herausstellten, die einer Lösung bedurften? In einer Darstellung, die wie keine zweite vorher — es waren bis dahin nur wenige ähnliche Versuche gemacht worden*) — es verstand, einen kurzen zusammenfassenden Ueberblick über die gesammte Theologie zu geben, liess es sich trotz des besten Willens nicht vermeiden, auch der Philosophie den ihr damals unbedingt zukommenden Tribut zu entrichten. Nur wenn dies geschah, nur wenn versucht wurde, die vorliegenden Schwierigkeiten und Differenzen auf dem damals einzig gangbaren Wege, dem der Philosophie, zu lösen, war Aussicht auf Anerkennung und Erfolg vorhanden. Der Anklang, den die Sentenzen fanden, spricht demnach genug für ihre philosophische Färbung.

Doch noch ein zweiter Gesichtspunkt ist hier zu beachten, welcher gleichfalls deutlich die Bedeutung dieses Werkes für die innere Entwickelung jener Wissenschaft vor Augen stellt. Es ist eine alte Erfahrung, dass manche Erkenntnis, die schon lange in der Luft geschwebt hat, erst durch das Niederschreiben eine feste Gestalt gewinnt, dass Probleme, die schon eine ganze Weile in den Gehirnen gespukt haben, und hin- und herbesprochen worden sind, erst unter der Feder ihre abschliessende Lösung finden. So geschah es vielfach auch bei dem Lombarden. Was bis dahin zum teil nur unbestimmt gedacht war, hier gewann es festen Anhalt; was wohl schon in gewissem Masse gang und gäbe war, hier wurde ihm die endgiltige Fassung gegeben. Was bis dahin an einzelnen Orten schon gelehrt wurde, hier wurde es für alle Zeiten festgelegt. Die besten Beweise dafür sind, um nur einen Hauptpunkt anzuführen, die Lehrsätze, die sich um das Abendmahl gruppieren, so der von der Transsubstantiation, von der Concomitanz, der Ubiquität und andere. Dieselben wurden wohl schon allenthalben geglaubt und geübt, hatten auch teilweise schon eine schriftliche Behandlung erfahren, doch erst in den Sentenzen erhielten sie ihr vollständiges, unzerreissbares dogmatisches Gewand. Und welches gewaltige Ansehen musste solchen Sätzen die dahinter-

---

*) Rob. Pulleyn: libri VIII sententiarum und Hugo v. St. Victor: summa sententiarum.

stehende Autorität der Kirchenväter geben!¹) Mit welchem Anspruch konnte überhaupt alles dort Gesagte auftreten, solchen Meistern entnommen! Bedarf es da noch eingehender Auseinandersetzungen, um darzulegen, welch wichtiges Moment für die Geschichte der Philosophie dieses Werk in sich schloss? Es brachte mit sich einen Einschnitt von der grössten Tragweite, und Ritter²) hat vollkommen recht, wenn er die Sentenzen ein geeignetes Lehrbuch nennt, in dessen weiten Falten alle philosophischen Lehren des Mittelalters eingetragen werden konnten.³)"

Hat uns der erste Teil gezeigt, dass Petrus selbst nicht als eine philosophische Persönlichkeit anzusehen ist, die sich nach dieser Seite hin irgendwie schaffend ausgezeichnet hätte, so lehrt uns der zweite Teil — das ist das Resultat — dass seine Sammlung einen um so grösseren Einfluss auf die Entwickelung der Philosophie ausgeübt hat. Das Werk ist losgelöst von seinem Verfasser zu betrachten und redet für sich allein. Wüssten wir nichts von jenem, seinem Leben, seinem Wirken, und hätten nur die Sentenzen in Händen, das Bild würde ein gleiches bleiben, der Gegenstand, den wir behandeln, das gleiche Interesse bieten.

Noch ein dritter Punkt ist hier zu berühren, wenn wir allgemein des Lombarden positive Stellung zur Philosophie des Mittelalters betrachten. Auch in dem objektiven Stoffe, der seiner Ausführung zugrunde gelegen hat, ist manches philosophische Element vorhanden, zum teil keimweise verborgen, zumteil offen ans Tageslicht tretend, sich als das kundgebend, was es ist. Wer wollte leugnen, dass auch die Kirchenväter hin und wieder philosophische Ideen in ihre Auseinandersetzungen hineingesponnen haben, ja dass sie denselben nachgegangen sind, und sie bisweilen bis an die äussersten Grenzen verfolgt haben? Wer wollte es in Abrede stellen,⁴) dass selbst schon bei den Aposteln sich von einer Philosophie, die mehr oder weniger deutlich hervortritt, reden lässt, dass namentlich die meisten Briefe des Paulus, dem nichts Menschliches fremd war, fast auf jeder Seite philosophische Gedanken angedeutet, oder näher ausgeführt enthalten? Es ist auch eine bekannte That-

---

[1] Ritter (a. a. O. S. 123 ff.) beleuchtet den Segen der Abhängigkeit von Autoritäten und weist nach, dass die Philosophie nie ganz frei und unabhängig sein könne.

[2] Ritter, a. a. O. S. 485.

[3] Protois: a. a. O. chap. V. Pierre Lombard est philosophique plus par les questions qu'il pose que par les réponses qu'il donne, plus par le choix des sentences que par la manière, dont il justifie ses opinions . . . . Pierre Lombard fit entrer la scolastique dans l'orthodoxie et l'y fixa.

[4] Hauréau: a. a. O. S. 8.

sache, dass die Theologen der ersten Jahrhunderte, die wie Justinus vor ihrer Bekehrung zum teil noch dem philosophischen Studium als solchem obgelegen hatten, zu sehr unter dem Banne ihrer Vergangenheit und der ganzen Zeit standen, als dass sie sich vollständig davon freimachen konnten, dass sie insonderheit die Verteidigung des Christentums immer wieder darauf zurückbrachte. Wie konnte es da ausbleiben, dass einer, der sich fortgesetzt auf jene zurückbezog, auch philosophische Gedanken und Probleme in seine Darlegungen hineinbrachte? Wie musste er so auf seine Zeitgenossen wirken, welchen Eindruck auf sie machen, auf sie, die gerade auf die Verstandesbildung solchen Nachdruck legten! Ungefähr zwei Drittel der Citate sind in den Sentenzen dem Augustin entnommen, und wer wollte nicht das Urteil unterschreiben, das über diesen gefällt worden ist, dass er als das Vorbild eines wahren christlichen Philosophen angesehen werden muss, le type de l'orthodoxe qui raisonne, wie ihn Protois nennt.[1]

Was haben wir aus dieser Untersuchung gewonnen? Petrus ist das rechte Kind seiner Zeit gewesen. Stand diese unter der segensreichen, aber strengen Leitung der Kirche, so war es auch sein besonderes Bestreben, sich als treuen Sohn dieser seiner zweiten Mutter zu bewähren; ging der allgemeine Zug dahin die Kirchenlehre festzustellen und wissenschaftlich zu begründen, so hat sich gerade hierin Petrus ein grosses Verdienst erworben; suchten damals alle Gelehrten ihre Stärke in der Anwendung der dialektischen Methode, so hat sich jener auch hier als Meister gezeigt.[2] Wer aber so wie Petrus in und mit seiner Zeit gelebt hat, der hat für seine Zeit gelebt.

B. Spezieller Teil.

1a. Realismus und Nominalismus.

Die allgemeine Betrachtung müssen wir jetzt verengern und müssen sie durch Anführung der einzelnen hauptsächlichen Probleme, in welche die Philosophie jener Zeit ausläuft, eine bestimmtere Gestalt gewinnen lassen. In dem Bilde, das uns am Anfang beschäftigt hat, ist uns die Philosophie nur im Grossen und Ganzen vor Augen geführt worden. Welches sind nun ihre einzelnen Züge, welches sind die Hauptfragen, die in jenen Tagen die Gemüter beschäftigten? Da ist vor allem der gewaltige „Universalienstreit" zu erwähnen. Er kann hier nur in grossen Strichen skizziert werden, zu einer eingehenderen Darstellung giebt uns weder das Thema,

---

[1] Windelband: a. a. O. S. 208. Protois: a. a. O. chap. IV.
[2] Luther: gesammelte Werke. Bd. 62 S. 114.

noch unsere Fähigkeit das Recht. Realismus und Nominalismus — so lautet der Gegensatz in der Sprache, die für die Beurteilung der mittelalterlichen Philosophie gang und gäbe geworden ist. Realismus und Nominalismus, das ist der Gesichtspunkt, von dem aus mit Recht in den meisten Abhandlungen die Charakterisierung und Einteilung der Philosophie des Mittelalters versucht worden ist. Denn das ist das Centrum, um welches sich die ganze philosophische Betrachtung jener Epoche dreht, das ist der Ausgangspunkt, der seine Strahlen über das gesammte wissenschaftliche Gebiet entsendet. Realismus und Nominalismus, das ist die Teilung in zwei Lager, die sich bald unerkannt, bald erkannt, hier versteckt, dort offenkundig durch die Geschichte der Wissenschaft von ihrer ersten Stufe an hindurchzieht. Zeugen dafür sind im Altertum Plato und Aristoteles, im Mittelalter alle Gelehrten insgesammt, in der neuesten Zeit Ritschl und seine Gegner, wie der jüngste, die Gemüter heftig bewegende Streit beweist.[1]) Was ist? Ist das, was wir vor Augen haben, mit den Händen tasten? oder ist das nur die Erscheinungsform des dahinterstehenden wahren Seins, die wohl einen Anteil am Sein hat, aber nicht das Sein selbst ausmacht? Ist nicht vielmehr das, was als ein Allgemeines die Exemplare umfasst, mag dies nun als ἰδέα oder als universale bezeichnet werden, oder hat dieses letztere sein Sein nur in dem Kopfe, ist es nur ein Gedankenausfluss, ein nomen, eine vox, ein leerer Wortschall? Es ist klar, von welcher grundlegenden Tragweite die Entscheidung nach jeder Seite hin sein muss, und es ist ein Beweis für das scharfe logische, sowie überhaupt philosophische Denken des Mittelalters, dass es das, worauf es in erster Linie ankommt, durchschaut hat, dass es allen späteren Geschlechtern zum Vorbilde gerade dies Problem in richtiger Weise in den Mittelpunkt gestellt hat. Logik ist überhaupt unstreitbar die Stärke jener Periode gewesen, und wer wollte ihr da noch philosophisches Arbeiten absprechen? Denn dass sie nachher in der Mitte stehen blieb, und die gefundene Lösung nicht anzuwenden, die Consequenz nicht zu ziehen verstand, das lag an dem Mangel der wissenschaftlichen Durchbildung.

Wie gestaltete sich nun der äussere Verlauf des Streites, was war das Ergebniss desselben? Diese Fragen erledigen sich in der Kürze durch Hinweis auf das, was der Realismus im Gegensatz zum Nominalismus betont hat. Bei der Unterscheidung der Allgemeinbegriffe von den Einzeldingen schreibt der Realismus den ersteren, der Nominalismus den letzteren

---

[1]) Hauréau. a. a. O., S. 44. Ritschl, Theologie und Metaphysik.

wirkliche Existenz zu; jener kennt keine andere Substanz als die des Geistes, dieser keine andere als die der Materie; jener läuft schliesslich in einen idealistischen, dieser in einen materialistischen Pantheismus aus. Und wie stellte sich die Kirche dazu? Der Realismus, obwohl in seinen letzten Consequenzen ebenso verderblich wie sein Gegner, hat dennoch die Anerkennung und die Sanktionierung seitens dieser höchsten Autorität erhalten. Aus welchem Grunde? Einerseits, weil er früher, wie wir noch näher sehen werden, dem Christentum weniger widerstrebte und mehr dem Dogma zu entsprechen schien, andererseits, weil er das ganze Mittelalter hindurch nie bis zu seinen letzten Spitzen hin ausgebildet wurde. So erklärt sich die merkwürdige Erscheinung, die besonderer Beachtung wert ist, dass die Kirche dem Realismus feierlich ihren Segen erteilte, und über die Gegenpartei das Anathema verhängte.

1b. Der Realismus des Lombarden.

Die verschiedenen Phasen des Universalienstreites, die mannigfaltigen Modifizierungen der beiderseitigen Anschauung sind als zu dem Thema nicht gehörig zu übergehen. Es kommt hier nur die Stellung in betracht, die Petrus Lombardus dazu eingenommen hat. Nach dem zuletzt Gesagten kann es, so wie jener sich bisher gezeigt hat, nicht zweifelhaft sein, zu welcher Fahne er geschworen. Als ein gehorsamer Sohn seiner Kirche ist er natürlich Realist gewesen, wenn auch getreu seiner ganzen vorsichtigen Haltung nicht so ausgesprochen wie die meisten seiner Vorgänger und Nachfolger. Sein Realismus zeigt sich an verschiedenen Stellen seines Werkes, so schon in der Einteilung, welche er demselben zu grunde gelegt hat. Er scheidet das Ganze in res und signa, welche Scheidung er dem Augustin abgelauscht hat. Köhler[1]) in seiner Monographie über Realismus und Nominalismus leugnet, dass jene Anordnung irgend welchen Zusammenhang mit der uns beschäftigenden Frage habe; denn einerseits seien bis dahin nicht res und signa, sondern res und voces, oder res und nomina gegenübergestellt gewesen, andererseits sei jener hier n völliger Abhängigkeit von Augustin, der den gleichen Gedanken vor ihm gehabt und ungefähr mit denselben Worten ausgeführt habe. Im ersteren Punkte ist jenem wohl unbedingt Recht zu geben, — es liegt nicht unmittelbar das vorliegende Problem dieser Ausführung zu grunde, denn die res sind gar nicht als mit den signa im Zusammenhang stehend gedacht, noch weniger als die das Wesen jener aus-

---

[1]) Köhler: Realismus und Nominalismus in ihrem Einfluss auf die dogmatischen Systeme des Mittelalters. S. 82.

machenden Substanzen; die signa beziehen sich auch nur auf das religiöse Gebiet. Jedoch im zweiten Punkt scheint er zu weit zu gehen. Es sieht fast so aus, als traute er dem Lombarden nicht mehr zu, als ein blosses Abschreiben oder Nachsprechen, was nach der oben gegebenen Darstellung zurückzuweisen ist. Das ist zum mindesten zugegeben, und erhellt aus der ganzen Art seiner Anführungen, dass jener sich die einfach wiederholten Ansichten seiner Gewährsmänner so weit wie möglich zu eigen gemacht hat und es lässt sich nicht leugnen, dass an der besprochenen Stelle der Realismus wenigstens durchschimmert. Ist dies nicht auch ohne weiteres mit der Teilung selbst der Fall, wie Ritter[1]) meint, so doch in den weiteren Ausführungen, nicht bloss in dem Worte: „quod enim nulla res est, omnino nihil est", nicht bloss darin, dass echt realistisch die göttliche Trinität als die summa res an die Spitze gestellt wird, sondern vor allem in der näheren Erklärung dessen, was unter signum zu verstehen ist. Lässt er auch alle signa als res gelten — nicht umgekehrt — so nimmt er doch auch eine Stufenfolge für jene in Anspruch; über die signa quae solum significant stellt er die quae conferunt, quod intus adiuvat, sicut evangelica sacramenta. Erinnert dies nicht an den Realismus, an die hinter der Sache stehende Kraft, die dieser ihren eigentlichen Wert verleiht? Es ist festzuhalten, dass der Lombarde zu sehr unter dem Einfluss seiner Zeit stand, als dass er sich dieser Strömung hätte entziehen können, als dass er sie nicht gleich zu Anfang seines Werkes hätte zum Ausdruck bringen müssen. Dies bestätigt sich vornehmlich bei der Sakramentslehre, die wir unten noch besonders zu betrachten uns vorgenommen haben.

Drei einzelne Lehrpunkte kommen hier in betracht, die auf den Realismus des Lombarden schliessen lassen: die Trinität, das Verhältnis Gottes zur Welt und die Erbsünde. In allen drei Fragen zeigt er sich als ein mehr oder weniger ausgesprochener Anhänger des Augustin, dessen Realismus ihm mit allem anderen in Fleisch und Blut übergegangen ist.

Bei dem Lombarden stehen die beiden Sätze einander gegenüber: „Gott ist durch die menschlichen Erkenntnisse nicht zu erreichen", und „durch Ähnlichkeiten und Gleichnisse lässt sich sein Wesen bestimmen". Es tritt bei ihm zuerst in aller Schärfe der von Realisten geteilte, aber darum doch nicht ganz realistische Gedanke, den wir oben schon angedeutet haben, in den Vordergrund, dass Gott von allen übrigen Dingen wesentlich verschieden, durch kein Zeichen, kein Wort, keinen Begriff genügend ausgedrückt werden könne. Verius cogitatur deus quam dicitur, verius est quam cogitatur[2]). Wie Abälard

---
[1]) Ritter; a. a. O. S. 485.
[2]) I. 23 D.: 34 L.: 37 A.: 8 G. u. H. I. 2 A.: Ritter, a. a. O. S. 487.

und Gilbert klagt auch unser Magister über die Dürftigkeit der menschlichen Sprache und hebt das Überschwengliche im Begriff Gottes hervor, indem er in das Auge fasst, wie Gott die ewige, unveränderliche Wahrheit aller Dinge, alles Seins, welcher nichts gleichkommt, ein einfaches Wesen ohne alle Unterscheidung ist. Deus solus, qui exordium non habet vere essentiae nomen tenet; deus tantum est qui non novit fuisse vel futurum esse; solus ergo deus vere est, cuius essentiae comparatum nostrum esse non est[1]). Gott allein ist wirklich, er allein ist unwandelbar, er wird nicht durch Zeit und Raum beengt, noch durch irgend welche äussere Einflüsse berührt, er allein besitzt wahre Einheit, bei der sich keine Teile, noch Accidenzien, keine Mannigfaltigkeit, noch Unterschiedenheit wahrnehmen lassen. Hierdurch ist er, der Schöpfer, von allen Geschöpfen unterschieden, von den körperlichen, wie geistigen. Während von jenen jedes einzelne aus grösseren und kleineren Teilen besteht, wobei das Ganze mehr ist als ein Teil, und während bei ihnen die Eigenschaften wirklich etwas, und zwar stets etwas neues bedeuten, ist bei Gott hingegen Grösse z. B. dasselbe wie Weisheit — non enim mole magnus est sed virtute — Güte wiederum dasselbe wie Weisheit und Grösse, non est ibi aliud ipsum beatum esse et aliud magnum, aut sapientem aut verum aut bonum esse aut omnino esse.[2]) Deswegen scheut sich der Lombarde auch, den Begriff der Substanz auf Gott anzuwenden, da dieser seines Erachtens nur von Dingen, die die Grundlage anderer bilden, gebraucht werden kann, und will nicht solche Unterscheidung, wie Materie und Form, genus und species für die Trinität gelten lassen.[3]) Dies alles fasst Petrus mit den Worten zusammen: in Gott ist alles eins, idem est habens et quod habetur, vivus dicitur habendo vitam et eadem vita est ipse.

Wie der Lombarde so auf der einen Seite die Erhabenheit und Unerreichbarkeit Gottes nicht genug betonen und preisen zu können glaubt und nach dieser Seite hin die realistische Denkweise in gewissem Masse ablehnt, so schliesst er sich dennoch wiederum auch hier dem realistischen Gedankengange Augustins an und sucht mit jenen Spuren und Abbilder der Trinität in der Natur aufzudecken.[4]) An das Wort des

---

[1]) I. 8. A.
[2]) I. 8. A.-J.
[3]) I. 19. II.
[4]) Die Betonung der Erhabenheit Gottes, der Trinität, als der summa quaedam res. hat bekanntlich zu dem Vorwurf der Quaternität Anlass gegeben, welcher von Joachim von Fiore (liber contra Petrum Lombardum de unitate seu essentia trinitatis) † 1202 gegen den Magister sententiarum erhoben, der aber vom Lateranconzil 1215

Apostels Paulus denkend: (Röm. I. V. 20) τὰ ἀόρατα τοῦ θεοῦ ἀπὸ κτίσεως τοῦ κόσμου τοῖς ποιήμασιν νοούμενα καθορᾶται, weist er auf ein doppeltes vestigium trinitatis hin.[1]) Ebenso wie die Schöpfung mit ihrer unitas, species und ordo in sich die Trinität wiederspiegelt, kann auch der menschliche Geist mit seiner memoria, intelligentia und amor trotz der Abweichungen, die Petrus nicht verkennt, als Schlüssel gebraucht werden, um das Geheimnis der göttlichen Trinität den Menschen aufzuthun. Ist der Mensch nicht überhaupt als imago und similitudo Gottes geschaffen?[2]) Hier findet also der realistische Gedanke Anwendung, dass die irdischen Dinge mit den himmlischen Dingen, weil aus diesen abgeleitet, in einer gewissen Parallele stehen, und dass von diesen auf jene, wenn auch nur translative ein Schluss gemacht werden darf.[3]) Es steigert sich aber noch dieser Realismus und erhält einen fast pantheistischen Anstrich, auf den er seiner Natur nach eigentlich immer hinauslaufen muss, in den kurzen Andeutungen, die Petrus über Gottes Sein in der Welt giebt:[4]) sciendum est quod deus incommutabiliter semper in se existens praesentialiter, potentialiter, essentialiter est in omni natura sive essentia sine sui definitione, in omni loco sine circumscriptione, in omni tempore sine mutabilitate. „Gott Alles in Allem" — das ist der Gedanke, der, auf die Gegenwart bezogen, jenen Worten zugrunde liegt.

Dies führt uns auf das Verhältnis Gottes zur Welt. Denn obwohl wir Gott nicht als Substanz ansehen sollen, unterscheidet der Lombarde doch solche Aussagen von ihm, welche seine Substanz und solche, welche seine Verhältnisse betreffen, die allerdings nicht gleich Accidenzien gesetzt werden dürfen.[5]) Wie aus dem Anfang des zweiten Buches hervorgeht — übrigens der einzigen Stelle, wo die beiden alten Philosophen, Plato und Aristoteles, mit Namen genannt werden — verwirft der Lombarde ziemlich oberflächlich sowohl die seiner Meinung nach Aristotelische Annahme der Ewigkeit der Welt, als auch die Platonische Ideeenlehre, nach der die Exemplare neben Gott präexistieren — durch

---

als unbegründet zurückgewiesen wurde. (Vergl. Protois. a. a. O., chap. VI und Real-Encyklopädie. Bd. VIII. S. 747, Art. üb. Petrus Lombardus). Der Gegensatz der Erhabenheit Gottes über die Natur und seiner Abbildlichkeit in der Natur liesse sich vielleicht auf den Gegensatz des Platonischen und Aristotelischen Realismus: universalia ante rem und universalia in re zurückführen, wie ja überhaupt bei ihm beide Prinzipien durcheinandergehen.

[1]) l. 3. A.-E.; G.-Z.
[2]) II. 16.
[3]) l. 34. K.
[4]) l. 37. A.
[5]) l. 26 C.

beide Hypothesen gehe Gott seiner eigentlichen Bedeutung als Schöpfer verlustig. — Dennoch sucht auch er einen vorzeitlichen Zusammenhang Gottes mit den irdischen Dingen nachzuweisen.[1]) Wie, so fragt er, im Anschluss an Augustins Erklärung der Genesis, ist es möglich zu sagen, dass diese Dinge ihre Existenz in Gott haben und zwar von Ewigkeit her gehabt haben, trotzdem sie doch nicht vor der Schöpfung wirkliche Existenz besassen? Er kommt mit seinem Gewährsmann zu dem Resultat: sie waren, und waren wieder auch nicht, sie waren vorhanden in Gottes Wissen, aber nicht in ihrer Natur,[2]) ohne dass darum dieses Wissen als die Ursache der Dinge anzusehen sei, oder umgekehrt — denn diese sind nicht, weil Gott sie vorhergewusst hat, sondern weil sie sind, wusste sie Gott voraus. Der Lombarde schreibt den Dingen also eine ideale, aber nicht essentielle Präexistenz in Gott zu: er schliesst sich damit dem Realismus an, vermeidet aber dessen pantheistische Konsequenzen, und erklärt, wie er den leicht missverständlichen Ausdruck „esse in deo" gefasst haben will, und wie er das esse in praesentia vel cognitione dei von dem esse in essentia zu trennen vermag. Die Schwierigkeit, dies mit den obenwiedergegebenen Ausführungen über Gottes Wesen zu reimen, liegt auf der Hand. — Diese Erläuterung lässt auch ein helles Licht auf des Lombarden Stellung zu der damals wie alle Zeit heftig erörterten Prädestinationsfrage fallen, indem er, was er gefunden, auf die Erwählten anwendet. habet deus apud semetipsum electos ante mundi constitutionem in sua praesentia. Es kommt hierbei vor allem die scharfe Scheidung von praescientia und praedestinatio zur Geltung, von der Art, wie Gott das Uebel und die Entwickelung der Verworfenen voraussieht und wie er das Gute und das Loos der Erwählten mit seinem Wohlgefallen umfassend vorausbestimmt.[3]) Es findet ferner hier auch das kühne dialektische, mit „distinguo" stolz eingeleitete, sehr bequeme Auskunftsmittel Anwendung, das, auf den verschiedenen Sinn einer Wendung pochend, mit den Worten „coniunctim aut disiunctim"[4]) in der äussersten Not als letzter Rettungsanker in die brausende Brandung der Parteizwistigkeiten ausgeworfen zu werden pflegte. Dies näher auszuführen, gehört nicht hierher.

Als dritter Punkt bleibt in diesem Absatz noch die Erbsündentheorie zu erörtern übrig. Dieselbe hat bei dem Lombarden einen sehr krassen Ausdruck angenommen. Gegen

---

[1]) l. 35 E.
[2]) l. 38 A.-C.
[3]) l. 36 A.
[4]) l. 38 E. 40 A.-C.

die Pelagianer scharf vorgehend, qui non traductione originis
sed similitudine praevaricationis intrasse peccatum tradunt,
und die Erbsünde eingehend als fomes peccati oder concu-
piscentia bestimmend, betont er, dass dieselbe thatsächlich
per unum hominem in der Welt verbreitet sei, per unius
inoboedientiam, und glaubt sich die Fortpflanzung nicht anders
erklären zu können, als dass die gesammte Menschheit nicht
formaliter, sondern materialiter atque causaliter in Adam ein
Mensch gewesen sei, denn omne quod in humanis corporibus
naturaliter est, descendit a primo parente lege propagationis,
et in se auctum et multiplicatum est nulla exteriore substantia
in id transeunte.[1]) Konnte dies schroffer gedacht und ausgeführt werden? Spricht sich nicht deutlich hierin, namentlich
inbezug auf den sich darin kundgebenden engen Zusammenhang der Gattung und die Bedeutung, die derselben als solcher
beigelegt wird, der Realismus aus?

Es liessen sich noch manche Stellen anführen, aus denen
gleichfalls ein Realismus hervorleuchtet, so der Schöpfungs-
bericht, in welchem mit besonderem Nachdruck die species
propriae atque distinctae, welche Gott dem Einzeldinge nach
seiner Art gegeben hat, hervorgehoben werden,[2]) so die
Christologie, woselbst die Menschwerdung ausdrücklich als
ein Ergreifen der allumfassenden Natur seitens der Person gefasst wird,[3]) und anderes. Das Angeführte mag genügen um
des Lombarden Stellung zu charakterisieren.

2a. Der Mysticismus des Mittelalters.

Wir kommen zu einem zweiten wichtigen Faktor jener
Zeit, zu dem Mysticismus. Es ist dies einer der grossen Gesichtspunkte, der unter der falschen Beurteilung, die dem gesammten Mittelalter zuteil geworden ist, besonders zu leiden
gehabt hat, und dabei ist es gerade derjenige Zug, der uns
jene Epoche sympathischer macht, sie uns menschlich näher
bringt. Es ist vor allem dadurch an dem Mysticismus ge-
sündigt worden, dass er in einen Gegensatz zur Scholastik
gestellt, oder gar in einen Zusammenhang mit Realismus oder
Nominalismus gebracht worden ist. Harnack urteilt: „Wo die Erkenntnis so verläuft, dass die Einsicht in das Verhältnis der Welt
zu Gott lediglich oder vornehmlich deshalb gesucht wird, um die
eigene Stellung der Seele zu Gott besser zu verstehen und
in solchem Verständnis innerlich zu wachsen, da spricht man
von mystischer Theologie. Wo aber diese reflexive Abzweckung

---

[1]) II. 30 N. (III 2. A).
[2]) II. 12. A.
[3]) III. 5. A. vergl. III. 2. A.

des Erkenntnisprozesses nicht so deutlich hervortritt, vielmehr die Erkenntnis der Welt in ihrer Beziehung auf Gott ein selbständigeres objektives Interesse gewinnt, da wird der Terminus ‚scholastische Theologie' gebraucht." [1]) Es sind das also nicht zwei getrennte Wege, die nebeneinander herlaufen, von verschiedenen Standorten ausgehen, so vielleicht von dem des Erkennens und des Glaubens, wie bisweilen angenommen worden ist, sondern es liegt ein und dasselbe Bestreben der Erfassung der göttlichen Dinge zugrunde; aber unter Hervorkehrung verschiedener Seiten. Bei den Einen wird mehr die praktische, persönliche, bei den Andern die theoretische, allgemeine Anschauung betont. Es kann nicht ohne weiteres geschieden werden: Hier „Scholastik", dort „Mystik", auch haben sie nicht fortgesetzt miteinander in Fehde gelegen, sondern in der Regel gehen die mystischen Ausführungen von einer scholastischen Basis aus und die Scholastiker haben sich wohl selten von mystischen Anwendungen freigehalten. Es findet hier derselbe gegenseitige Geistesaustausch statt, wie bei den Pietisten und Orthodoxen. Jeder durchgeführte orthodoxe Standpunkt erhält einen pietistischen Anstrich und der Pietismus baut sich auf orthodoxen Lehren auf. Diese Sachlage ist die Veranlassung gewesen, dass bei der allgemeinen Uebersicht der mittelalterlichen Philosophie die Beurteilung sich auf die Scholastik beschränkt hat. Sie bildet meines Erachtens die Wurzel und den Stamm, aus dem allerdings als ein frühzeitig sich selbständig entwickelnder Zweig die Mystik hervorgewachsen ist.

2b. Der Lombarde als Mystiker.

Und Petrus Lombardus? Ist er auch in irgend welche Beziehung zu der Mystik getreten? Man könnte nach dem bisher Gesagten denken, dass er, welcher sich auf Wiedergabe der Ansichten Anderer beschränkt und vor allem auf die dialektische Verknüpfung derselben Mühe verwandt hat, diesem eigentümlichen Zuge seiner Zeit nicht nachgegeben habe. Und doch wiederum: einer, der unter dem Einfluss eines Bernhard von Clairvaux gestanden, der in der Schule von St. Victor aufgewachsen war, konnte unmöglich sich von der gerade dort besonders gepflegten Richtung freihalten. Es kann bei ihm von einer ausgeprägten mystischen Denk- und Ausdrucksweise keine Rede sein, — dazu ist er schon zu wenig selbständig gewesen — es finden sich aber manche Begriffe und Einzelausführungen, die sicher in dieses Gebiet hineinspielen und welche die ethische Anschauung sich wie einen roten Faden durch die ganze Darstellung hindurch

---

[1]) Harnack: Lehrb. d. Dogmengesch. Bd. III. S. 315.

ziehen lassen. Dies zeigt gleich der Anfang, wo nach der
Scheidung von res und signa, die ersteren einer eingehenden
Betrachtung und Sonderung unterworfen werden. Er stellt dort
eine dreifache Art von res auf: res quibus fruendum est, res
quibus utendum est und res quae fruuntur et utuntur, und
verfällt schon mit dem Worte „frui" in einen mystischen Ton.
Diese Dreiteilung, welche auf die Formel: Gott, Körper- und
Geisterwelt gebracht werden kann, erinnert zwar an die
Platonische Philosophie, doch kommt sie auf etwas ganz anderes
hinaus: sie kann ihren sittlichen Hintergrund nicht verleugnen,
denn während die Ideenwelt der Platoniker nur unveränderliche
Wesen umfasst, ist des Lombarden Geisterwelt als eine frei
sich entwickelnde, lebendige gedacht. Noch deutlicher wird
dies, beachten wir nur erst, was Petrus unter „frui" versteht,
und welches nach ihm die Dinge sind, quibus fruendum est.
Im Anschluss an Augustin hat er eine doppelte Erklärung
für frui gegeben. Einmal bedeutet es amore alicui rei propter
se ipsam inhaerere,[1]) das andere Mal wird es gedeutet uti cum
gaudio non adhuc spei sed iam rei[2]). Es unterscheidet sich
von uti demnach dadurch, dass dort, quod in facultatem
voluntatis assumitur, propter se ipsum, hier propter aliud
appetitur, sodass jeder, qui fruitur, auch utitur, aber nicht
umgekehrt jeder qui utitur auch fruitur. Es kann hiernach
nicht zweifelhaft sein, welches die res sind, quibus fruendum
est. Es sind dies Vater, Sohn und heiliger Geist, die heilige
Trinität, summa quaedam res communisque omnibus fruentibus,
wobei allerdings sofort die realistische Einschränkung gemacht
wird, ob überhaupt von Gott als von einer res gesprochen
werden dürfe, ob er nicht besser rerum omnium causa genannt werde, ja ob dies selbst eine ihm angemessene Bezeichnung sei, denn, fügt Petrus hinzu, non facile potest
inveniri nomen, quod tantae excellentiae conveniat, nisi quod
melius dicitur trinitas haec unus deus.[3])

Es kann dem Lombarden nicht hoch genug angerechnet
werden, dass er sich diese Anordnung zu eigen gemacht hat.
Ritter[4]) macht mit gutem Grunde darauf aufmerksam, wie
jener hierdurch in einen Gegensatz zu den philosophischen
Lehren seiner Zeit getreten, zu der gewöhnlichen naturalistischen
Auffassung der menschlichen Dinge, wie er Front gemacht
habe gegen die herkömmliche Methode, das Wesen der Dinge,
so auch des Menschen, nach der übersinnlichen Welt der
Ideen zu bestimmen. Seine Ausführungen gewinnen so einen

---

[1]) l. l. B.
[2]) l. l. C.
[3]) l. l. B.
[4]) Ritter: a. a. O. S. 493.

ethischen Charakter.¹) Durch die Trennung der Dinge, welche zu geniessen sind, von denen, welche zu gebrauchen sind, weist er auf den Unterschied von Mittel und Zweck hin; ebenso erhalten die Tugenden bei ihm dadurch einen besonders ausgezeichneten Charakter, dass sie durch die Bezeichnung „res per quas fruimur" über die allgemeinen Dinge, quibus utendum est, gestellt werden; durch die Bestimmung Gottes als der summa res, welche allein Gegenstand des Genusses ist, als desjenigen, von welchem all unser Handeln abhängig ist, stellt er jenen als das höchste Gut vor Augen, der Alles in Allem sei; durch die Einreihung der Menschen unter die Dinge, quae fruuntur et utuntur, weist er diesen neben den Engeln ihren Platz im Mittelpunkt des Ganzen an. Welche grossen, sittlichen Gesichtspunkte thun sich da vor unsern Blicken auf! Wer wollte noch leugnen, dass diese praktische, sittliche Grundlage an die Mystik jener Zeit anknüpft, oder wie Ritter meint, sie vorbereitet hat?²)

In gleichem Lichte erscheint die Versöhnungslehre des Lombarden,³) die allerdings — eine bei ihm nicht seltene Eigentümlichkeit — alle möglichen in der Vergangenheit dargebotenen Anschauungen in sich vereint. Die sittliche Auffassung zeigt sich in Folgendem: In Christus tritt der homo, die moralische von Gottes Geist erfüllte Persönlichkeit in den Vordergrund: neben seinem in Vollkommenheit verbrachten Erdenwandel behält sein Selbstopfer eine nur abgeschwächte Bedeutung — non plus meruit sibi per crucis patibulum quam a conceptione meruit per gratiam virtutum — es wird sein Gehorsam bei Lebzeiten, oboedientia et voluntas perfecta,

---

¹) Ritter (a. a. O. S. 647) beleuchtet den Wendepunkt der durch diese sittliche Auffassung der Dinge in der Philosophie des M. A. hervorgerufen ist.
²) Ritter: a. a. O. S. 501.
³) Alb. Ritschel: christliche Lehre von der Rechtfertigung und Versöhnung Bd. I. S. 54—57: nach dem Lombarden haftet die Mittlerstellung Christi an seiner Menschheit. Das bezeichnet einen unumgänglichen Rückschlag gegen die Deutung der Gottheit Christi, sofern diese durch das Prädikat der homousie auf die Seite des Vaters gestellt, also um ihre mittlerische Bedeutung verkürzt war. Indem der Lombarde sich diesen Satz Augustins aneignet, legt er seiner Lehre von dem was Christus wirkt, die Anschauung von der menschlichen Qualität in ihm zugrunde. Diese aber ist von vornherein als sittliche Persönlichkeit bestimmt und auf den ganzen Umfang seines geschichtlichen Lebens bezogen. Sein Gehorsam, sofern er Mensch ist, bildet sein Verdienst . . . überdies lehnt der Lombarde mit Augustin (de trinitate XIII. 11 u. 16) die Meinung ab, dass Gott durch den Tod Christi erst habe dazu versöhnt werden müssen, um uns, seine Feinde, zu lieben. Vielmehr hat Gott uns im Voraus von Ewigkeit geliebt, und wir sind mit dem uns liebenden Gott versöhnt, indem Christus, ohne Zweifel durch sein Opfer, unsere Sünden zudeckt.

an[1]) die Spitze gerückt; der Werth des Kreuzestodes daher für Christus nur in der Besiegelung der in der Welt geübten Demut gesucht, für die Menschen hauptsächlich subjektiv in der Erweckung der Gegenliebe — mors Christi nos iustificat dum per eam charitas excitatur in cordibus nostris; exhibita tantae dilectionis arrha erga nos, nos movemur accendimurque ad diligendum deum[2]) — es wird schliesslich die Versöhnung einseitig auf den Menschen bezogen, Gott steht uns nicht als der Zürnende gegenüber, sondern er ist fortgesetzt der Liebende geblieben — iam nos diligenti deo reconciliati sumus[3]) — und es findet nur eine Umstimmung im Menschen statt, obwohl gerade hier ein wirres Durcheinander keine klare einheitliche Vorstellung aufkommen lässt.

Auf derselben Linie bewegt sich schliesslich der Lombarde, wenn er den Engeln ein Fortschreiten ihres Verdienstes und ihres Lohnes bis zum jüngsten Gericht, eine sittliche Entwickelung zuschreibt,[4]) wenn er ferner den Vorzug betont, den das Reich der Gnade vor dem der Natur hat, da der in allen Dingen gegenwärtige Gott in vollkommener Weise in den heiligen Geistern und Seelen wohnt,[5]) wenn er vor allem bei der Trinitätslehre den Ausgang des heiligen Geistes in Beziehung zu den Geschöpfen setzt,[6]) wenn er schliesslich in sein System die Lehre von den drei virtutes theologicae, Glaube, Liebe, Hoffnung,[7]) von den vier Kardinaltugenden und den Inhalt der zehn Gebote mithineinverflochten hat.[8]) Diese Andeutungen müssen hier genügen; eine eingehendere Darstellung würde vom Thema abführen. Das Gesagte beweist hinreichend, dass ethische Gedanken das ganze Werk tragen, dass es dem Lombarden vor allem ein Herzensbedürfnis war, den sittlichen Gehalt der Kirchenlehre herauszuarbeiten und in das rechte Licht zu setzen. Seinen Erörterungen liesse sich das bekannte, auch von ihm citierte Wort des heiligen Bernhard als Motto voranstellen: tantum cognoscit quisque quantum diligit.[9]) Sich über den abstrakten Begriff Gottes erhebend, sucht er sich die Wirkungen des heiligen Geistes, durch welche dieser in der Gestaltung der sittlichen Wesen anfängt Prinzip zu werden, zur Erkenntnis zu bringen, und indem er die wahre Bedeutung der weltlichen Dinge im Fort-

---

[1]) III. 18 B.
[2]) III. 19 A.
[3]) III. 19 F.
[4]) II. 11 D.
[5]) I. 37 A.
[6]) I. 29 B.
[7]) III. 23—32.
[8]) III. 33—40.
[9]) II. 9 D.

schreiten ihrer sittlichen Bildung findet, wendet er sich endlich der Untersuchung der Mittel zu, durch welche die Kirche die Menschen ihrem Ziele zuzuführen bestimmt ist.

Es ist hier nun noch eine Frage zu erledigen. Es könnte verwunderlich erscheinen, dass Petrus seine sittlichen Erwägungen so sehr beschränkt, dass er nicht mehr Gebiete des menschlichen Lebens in den Bereich seiner Gedanken hineingezogen habe. Geht bei ihm doch die Ethik nicht über die engen Grenzen des kirchlichen Gemeinwesens, über die dort gegebenen Gebote und Heilmittel hinaus. Auf den äusseren Bau begründet er seine Hoffnung und hat dabei wenig die innere Entwickelung der Seele im Auge.[1]) Er steht hierin unter dem Banne seiner Zeit. Die Kirche ist ihm sein Ein und Alles, und die Kirche stand damals in schroffem Gegensatz zu allem Weltlichen und glaubte das, was nicht unmittelbar zu ihr gehörte, unbedingt ausschliessen zu müssen. Sie erhob den Anspruch, dass, ohne Berücksichtigung der Individualität, in ihrem Schooss, in der äusseren Zugehörigkeit zu ihr, in den von ihr gegebenen mechanischen Einrichtungen einzig und allein Heil und Seligkeit zu finden sei.

Was ist das Resultat? Es ergiebt sich aus dem, was in diesem Abschnitt gesagt ist, ein gewisser Zusammenhang des Lombarden mit seinem Beschützer und Berater, Bernhard von Clairvaux, dem Begründer und Haupte der Mystik, sowie mit der gesammten Schule der Victoriner, insonderheit mit Hugo von St. Victor. Doch auch der Einfluss von einer ganz andern, gerade entgegengesetzten Seite macht sich hier bemerkbar. Es ist eine von allen Autoritäten übereinstimmend gemeldete Nachricht, dass unser Magister in Paris auch ein Schüler des Abälard gewesen sei,[2]) und es ist eine bekannte Thatsache, dass dieser letztere unter andern sich dadurch einen Namen gemacht hat, dass er auch das sittliche Moment in der Wissenschaft zur Geltung brachte. Seine Schrift „Scito te ipsum" beweist das zur Genüge. Indem er hier das wissenschaftliche Prinzip in die Innerlichkeit verlegt und zum erstenmal wieder die Ethik als eigene philosophische Disziplin behandelt, ist er, so können wir nach dem Vorhergehenden wohl sagen, in diesen Stücken der Vorläufer und das Vorbild des Lombarden gewesen, der sich im übrigen ihm als geradezu diametral entgegengesetzt erweist. Die sich öfter wiederfindende Bezeichnung „Schüler des Abälard"[3]) kann demnach

---

[1]) Auf die innere Entwickelung der Seele legt Hugo von St. Victor einen besonderen Nachdruck und unterscheidet sich gerade dadurch vom Lombarden (vergl. Ritter. a. a. O.. S. 649).
[2]) Protois, a. a. O., S. 33.
[3]) Rousselot. a. a. O., II., 107.

nur äusserlich gemeint sein und möchte, abgesehen von dem anerkannten Punkte, als etwas kühn erscheinen. Keinem andern gegenüber sticht die Natur des Lombarden so ab, wie gerade jenem, und es reizt unwillkürlich, einen Vergleich zwischen beiden anzustellen, der um so berechtigter ist, als die libri sententiarum dem bekannten Werke Abälards „sic et non" in Parallele gestellt, ja eine Nachahmung desselben genannt sind. Es finden sich in der ganzen Geschichte der Philosophie kaum zwei solche Gegensätze! Hebt sich Abälard wie ein Adler kühn in die Lüfte und kennt keine Grenzen, die zu weit wären für sein Denken, so bleibt der Lombarde verschüchtert in den von oben gezogenen Linien; eilt jener seiner Zeit vorauf und wird deswegen von ihr nicht verstanden, so lebt dieser in und mit seiner Zeit und zieht deren Bewunderung und Beifall auf sich; geht jener in seinem angeführten Werke eher darauf aus, durch Aufdecken der Widersprüche das Ansehen der Kirchenväter zu untergraben, so verfolgt dieser mit seiner Sentenzensammlung den geradezu entgegengesetzten Zweck, dieselben zu befestigen und in ihre erschütterte Würdestellung wiedereinzusetzen; verteidigt jener die Sache der Freiheit, so fordert dieser die unbedingte Unterwerfung unter die Autorität der Kirche: ist jener der Aufklärer und Rationalist des Mittelalters genannt worden, so verdient dieser den Ehrentitel „der Positivist der zeitgenössischen Kirchenlehre."[1])

3. Des Lombarden Sakramentslehre im Lichte seiner Philosophie.

Durch diese Gegenüberstellung haben wir nochmals einen kurzen Ueberblick über das Wesen und die Bedeutung des Lombarden, über seine Stellung zur mittelalterlichen Philosophie gewonnen; wir könnten hiermit die Abhandlung schliessen, doch es liegt uns noch daran, einen kurzen Einblick in die Sakramentslehre unseres Magisters zu thun, und zwar aus doppeltem Grunde. Es ist nicht mit Unrecht behauptet[2]) worden, dass dieses Gebiet der Centralpunkt sei, in welchem vornehmlich sich die scholastische Theologie, also auch die scholastische Philosophie, nicht bloss formell, sondern auch materiell produktiv bewiesen hat. Es ist dies dasjenige theologische Dogma, welches bis dahin noch in vielen Punkten unsicher, nunmehr seine ausgeprägte und endgiltige Gestalt erhielt. Es ist dasjenige Stück dieser Wissenschaft, in welchem,

---

[1]) Windelband: Gesch. d. Philophie S. 237.
Harnack: a. a. O. S. 322 ff.
Reuter: Gesch. d. religios. Aufklärung im Mittelalter S. 258.
[2]) Ullmann: Wessel S. 312 ff.

wie in keinem andern, alle religiösen Fragen als in einem Kulminationspunkte zusammenlaufen. Was Wunder, dass zweitens Petrus sich gerade nach dieser Seite hin ein besonderes Verdienst erworben hat; ich denke dabei nicht bloss an die bekannte Thatsache, dass durch ihn die Siebenzahl der Sakramente eingebürgert ist! Auch für ihn bildet diese Lehre den Mittelpunkt seiner Gedanken. In ihr kommt seine Bedeutung noch einmal zum vollen Ausdruck, in ihr spiegelt sich sein ganzes Wesen wie sonst nie wieder. Wir haben deswegen im Laufe der Darstellung wiederholt auf diesen Abschnitt hinweisen müssen und werden hier auf manches Bekannte stossen. Alle Behauptungen, die aufgestellt sind, liessen sich hier eingehender begründen und vertiefen, hätten wir nicht die Befürchtung, zu weitschweifend zu sein; doch giebt es uns die gewünschte Gelegenheit, das Ganze noch einmal zu überblicken.

Die sittliche Ausprägung, welche die Kirchenlehre bei dem Lombarden erfahren hat, liegt auch den Ausführungen über die Sakramente zugrunde; seine wenn auch nicht scharf ausgesprochene Neigung zum Mystizismus findet hier reichliche Nahrung. Dieselben machen den Inhalt des ganzen zweiten Teiles seines Werkes, wenigstens der inneren Anordnung nach, aus, und sie bilden sozusagen den Gipfelpunkt, auf welchen das System des Lombarden seiner ethischen Abzweckung nach hinzielt. Denn jener sieht in den Sakramenten die einzigen Mittel, welche die gestörte Verbindung mit Gott, als der Quelle des Heils, wiederherzustellen vermögen; sie sind nach ihm die einzigen Leitungen, welche uns den heiligen Geist zuführen. Das sittliche Moment giebt sich aber auch darin zu erkennen, dass der Lombarde die Sakramente bis zu einem bestimmten Grade noch an den Glauben bindet, sie zum teil nicht unmittelbar als opus operatum wirken lässt, so bei der Busse[1]) und der damit zusammenhängenden Schlüsselgewalt[2]) der Priester, und vor allem in der dreifachen Begründung, auf welche die Einsetzung derselben zurückgeführt wird. Sie sind, wie IV. 1. C.[3]) ausführt, gegeben propter humiliationem, eruditionem, exercitationem. Zur Demütigung insofern, als hier nach dem Willen des Schöpfers geringen Dingen Verehrung erwiesen werden muss; zur Belehrung insofern, als der Mensch

---

[1]) VI. 17 A: ante confessionem et satis factionem sola compunctione peccatum dimitti: D: oportere deo primum et deinde sacerdoti offeri confessionem nec aliter posse perveniri ad ingressum Paradisi, si adsit facultas. 18 E: solus deus peccata retinet et dimittit — et tamen ecclesiae contulit potestatem ligandi et solvendi sed aliter ipse ligat et solvit, aliter ecclesia. Ipse mundat ab inferiori macula et a debito aeternae mortis solvit.
[2]) vergl. Harnack: a. a. O. Bd. III. S. 499.
[3]) IV. 1 C. vergl. IV 11 E.

durch Sichtbares auf Unsichtbares hingewiesen wird, zur Uebung, als einerseits Müssiggang andererseits eitele und schädliche Beschäftigung dadurch möglichst aus der Welt geschafft werden soll. Harnack urteilt: „In seinen sieben Sakramenten hat sich der Katholizismus ein pädagogisch sehr wirksames und eindrucksvolles Institut geschaffen, welches aber in Wahrheit nicht der Heilsgewissheit des Einzelnen dient, sondern seiner Erziehung, als Gliedes der Kirche."[1]) Und ist das nicht auch das leitende Motiv gewesen, das dem Lombarden bei Behandlung dieses Stoffes die Feder geführt hat?

Auch der Realismus kommt zweitens bei diesem Gegenstand zu seinem Rechte, insonderheit bei der Auseinandersetzung des Begriffes sacramentum selbst, hinsichtlich deren sich der Lombarde eine massgebende Stimme erworben hat. Bei Erörterung der Frage quid sit sacramentum, schliesst er sich zunächst an Augustin an mit den Worten sacrae rei signum oder invisibilis gratiae visibilis forma,[2]) und schält dann nach Scheidung des sacrum signans von dem sacrum signatum und der signa naturalia von den signa data die in betracht kommenden signa heraus. Ein besonderes Merkmal ist nach dem Lombarden diesen letzteren eigen. Er legt den Ton darauf, — und darin liegt der gewaltige Fortschritt begründet, den wir bei jenem zu verzeichnen haben — dass das sacramentum eius rei similitudinem gerat cuius signum est. Dies konnte nur ein Realist herausfinden und festhalten; nur einer, der die Erscheinungsform von der dahinterliegenden Idee, von dem Universale zu trennen wusste, konnte sich einerseits den Unterschied des sacramentum von der res sacramenti, andererseits deren Zusammenhang zum Bewusstsein bringen. Es ist des Lombarden besonderes Bestreben, diese beiden Stücke bei allen sieben Sakramenten klar herauszustellen, so bei der Busse, die ihm in poenitentia exterior und interior zerfällt, und bei der saepius praecedit res sacramentum quam sacramentum rem,[3]) so bei der letzten Oelung, bei der gleichfalls unctio exterior und interior geschieden werden,[4]) so bei der Ehe, bei der die res in der coniunctio Christi et ecclesiae[5]) gesehen wird. Zum Sakrament gehört es also unbedingt[6]) quod ita est signum gratiae dei et invisibilis gratiae forma ut ipsius imaginem gerat et causa existat; non ergo significandi gratia instituta sunt tantum, sed etiam sanctificandi; quae enim significandi gratia tantum instituta

---
[1]) Harnack: a. a. O. Bd. III. S. 462.
[2]) IV. 1. B. vgl. Augustin, „de civitate dei" lib. X Cap. V.
[3]) IV. 22. C. (vgl. IV 14 A.)
[4]) IV. 23. B.
[5]) IV. 26. F. (Eph. V 32).
[6]) 1 B.

sunt solum signa sunt et non sacramenta. Ein doppeltes wird also hinzugefügt, einmal, dass das Sakrament mit der heiligen Sache, die es bedeutet, natürliche Aehnlichkeit haben muss, ferner, dass es als Träger derselben jene mitzuteilen vermag. Giebt sich schon überhaupt in der Trennung von res und signum gerade in dieser Anwendung der Realismus kund, wie vielmehr in jener weiteren Ausgestaltung des Begriffs!

Ein Gleiches liesse sich in der Einzelausführung verfolgen, so insonderheit bei der Abendmahlslehre. Hier zeigt sich in hellem Lichte der enge Anschluss des Realismus an das kirchliche Dogma, wie wir schon oben angedeutet haben. Hier zeigt sich seine grosse Fähigkeit, sich dem Christentum anzupassen. Konnte der Nominalismus, der allein das Individuum im Auge hatte, der die Einheit aufgab zu Gunsten der Mehrheit, der die Möglichkeit von Teilen leugnete, jedes Einzelne als ein gegebenes Ganze nahm, konnte derselbe die Verbindung einer Realität mit einer zweiten, oder die Verwandlung einer Substanz in eine andere zugeben?[1]) Lag das nicht dem Realismus näher, der die Einzeldinge nur als Erscheinungsformen eines dahinter stehenden umfassenden Seins ansah, der alles sich verbunden dachte durch die zusammenschliessende Bezogenheit auf einen Allgemeinbegriff, dem alles, was er vor sich sah, nur Wert hatte als Teile eines Ganzen? War es diesem nicht auch allein möglich, die scharfe Scheidung von Substanz und Accidenzien durchzuführen, wie sie die Transsubstantiationslehre mit sich brachte?[2]) Es ist somit erklärlich, dass es Realisten in erster Linie gewesen sind, die sich in jener Periode mit der Ausgestaltung dieses Dogmas abgegeben haben, das den Mittel- und Höhepunkt der römischen Religion bildet.[3]) Petrus erweist sich also auch in diesem Punkte als der Parteigänger derselben; durch ihn hat diese Lehre diejenige Gestalt gewonnen, die seit dem bekannten Laterankonzil 1215 für den Katholizismus festge-

---

[1]) Harnack a. a. O. Bd. III. S. 489.
[2]) IV. 12. A.
[3]) Harnack a. a. O. Bd. III. S. 489. In dem Abendmahlssakrament und der Lehre von ihm brachte die Kirche Alles zum Ausdruck, was sie hochschätzte, ihre Dogmatik, ihr mystisches Verhältnis zu Christus, die Gemeinschaft der Gläubigen, den Priester, das Opfer, die Wundermacht, welche Gott seiner Kirche gegeben, die Befriedigung des sinnlichen Triebes der Frömmigkeit u. s. w., nur nicht den Glauben, der Gewissheit sucht und dem sie verliehen wird. Das Sakrament wurde allgemein als das vornehmste, als die Sonne unter den Sakramenten gefeiert, weil hier res und sacramentum zusammenfallen (die Materie wird selbst zu Christus), weil die Menschwerdung und der Kreuzestod in ihm wirksam repräsentiert resp. wiederholt sind, und weil es sich über die Vergangenheit, Gegenwart und Zukunft erstreckt.

legt ist,[1]) und während er hinsichtlich der Messe noch als auf altchristlichem Standpunkt beharrend erscheint, da er sie nur als recordatio gelten lassen will — quotidie Christus immolatur in sacramento, quia in sacramento recordatio fit illius quod factum est semel[2]) — hat er hier den Schlussstein zu dem gewaltigen, von Menschenhänden aufgerichteten Gebäude hinzugefügt.

Es ist noch zu erwähnen, dass bei der Sakramentslehre auch die dialektische Meisterschaft unseres Magisters voll zur Geltung kommt. Hat er sich hier auch noch eine gewisse Beschränkung auferlegt und sich manche spitzfündigen Fragen geschenkt, auf die erst seine Nachfolger verfielen, so hat er doch dem Zuge seiner Zeit Rechnung getragen und sich oft in Einzelheiten und in geschmackloser Kleinigkeitskrämerei verloren. Gerade das Gebiet der Eucharistie bot dafür eine reiche Fülle dar und war ein weiter Tummelplatz für rein verstandesmässige Gedankenoperationen. Denken wir nur daran, wie der Lombarde es sich sauer werden lässt, zu erklären, was mit der Substanz des Brotes und Weines geschieht, wie das Brechen derselben sich vollzieht und was dieses bedeutet;[3]) beachten wir nur, auf welche fernliegenden Möglichkeiten er zu sprechen kommt, so auf die, ob eine Maus, die eine geweihte Hostie angeknabbert, des Herrn Leib und Blut genossen habe, worüber er schliesslich selbst keine Entscheidung fällen zu können vorgiebt.[4]) Es liesse sich noch manches anführen, doch diese Andeutungen mögen genügen. Jeder, der einen Einblick in die Geistesprodukte des Mittelalters gethan hat, weiss, auf welche Abwege die Denker jener Epoche geraten sind, welche Auswüchse neben den herrlichen Blüten damals auf theologisch-philosophischem Gebiet gezeitigt worden sind. Und dass auch Petrus sich hiervon nicht freigehalten hat, das sollten diese letzten kurzen Ausführungen ins Gedächtnis zurückrufen.

Welches ist das Urteil das sich über des Lombarden Stellung zur Philosophie des Mittelalters abschliessend fällen lässt? In einem doppelten Lichte hat er sich dargestellt, und es ist nicht leicht, das was gefunden ist, mit wenigen Worten zusammenzufassen. Auf der einen Seite ist hervorzuheben, dass Petrus Lombardus mit seinem Werke einem grossen Bedürfnisse seiner Zeit genüge gethan und dadurch der Philosophie in vielfacher Beziehung in die Hände gearbeitet hat; auf der andern Seite lässt sich aus seiner Art und aus einzelnen seiner Aussprüche entnehmen, dass dieser Endzweck

---

[1]) IV. 8—13.
[2]) IV. 12 G.
[3]) IV. 12.
[4]) IV. 13. A.

ihm ursprünglich nicht vor Augen geschwebt hat, dass bei Abfassung der Sentenzen sein Sinnen und Trachten auf ein ganz anderes Ziel gerichtet gewesen sind. Er war nicht ein Freund der Philosophie, sondern eher ihr Gegner, er wollte sie nicht fördern, sondern eindämmen. Dass er sich dabei, trotz seiner Abneigung und trotz seiner immer wieder hervortauchenden Vorsicht nicht nur ablehnend den philosophischen Fragen gegenüber verhalten, sondern sich mit ihnen befasst, ja bisweilen selbständig über sie geäussert hat, das liegt sowohl in der Natur der Sache, die er vertrat, als auch in jener ganzen Epoche begründet. Das war nicht Inconsequenz, sondern unabweisbare Notwendigkeit. Die mittelalterliche Philosophie stand unter dem Zeichen der Einheit von Philosophie und Theologie; dem konnte sich keiner entziehen und musste jeder, der nach dieser Richtung hin etwas leisten wollte, Rechnung tragen. Wie konnte Petrus Lombardus da eine Ausnahme machen! Ist er also auch nicht als ein Philosoph anzusehen, so ist er doch nicht ohne Bedeutung für die Entwickelung der Philosophie gewesen. Er hat nicht nur Gegebenes wiederholt, sondern auch eine Reihe von Punkten teils weitergefördert, teils sogar zum Abschluss gebracht. Seine Stellung zur Philosophie des Mittelalters so ablehnend sie im Grossen und Ganzen eigentlich auch gewesen ist, trägt schliesslich doch ein teilweise bejahendes und interessiertes Gepräge.

Wenn im Anfang dem Staunen darüber Ausdruck gegeben worden ist, dass des Lombarden Ruhm unter dem Wechsel der Zeit so zu leiden gehabt hat, so kann die Erklärung hierfür nunmehr kurz, wie folgt, zusammengefasst werden: Er ist in seiner Zeit und dem, was sie mit sich brachte, aufgegangen und ist darum mit ihr allmählich immer mehr dem Gesichtskreis entschwunden.

Curriculum vitae.

Geboren am 3. Februar 1871 als das 8te Kind des Hofpredigers Kögel zu Berlin, genoss ich meinen ersten Schulunterricht teils bei einem Hauslehrer, teils in der Kgl. Seminarschule. Acht Jahre alt, kam ich auf das Sophien-Gymnasium, woselbst ich die Klassen von Septima bis Prima durchmachte. Eine langwierige, ziemlich heftige Hüftgelenksentzündung nötigte mich ein Jahr lang die Schule auszusetzen und veranlasste meinen Vater, mich auf Anraten der Aerzte auf ein anderes Gymnasium in gesünderer Gegend zu schicken. Das Luisen-Gymnasium in Moabit wurde bestimmt, woselbst ich mein Abiturienten-Examen bestand. Derselbe Grund, der den Gymnasiumwechsel als angebracht hatte erscheinen lassen, war auch in den ersten Semestern für die Wahl der Universität bestimmend. Mein Vater entschied sich schliesslich für Lausanne. Hierbei war nicht nur der oben angedeutete Gesichtspunkt massgebend, sondern auch der Gedanke, dass ich dort eine fremde Sprache lernen konnte. So war mir Gelegenheit geboten, sowohl in den ersten Semestern, der für Wanderungen und Reisen wohl geeignetsten Zeit, die Schweiz gründlich kennen zu lernen, als auch mich in der französischen Sprache ein wenig zu vervollkommnen und meiner Vorliebe für die Litteratur in den neuaufgeschlossenen Schätzen nachzugehen.

Aber nicht nur das, sondern auch für das Studium, das ich erwählt hatte, war die Lausanner Universität von grossem Einfluss und vielleicht von grösserem Segen, als wenn ich in Deutschland angefangen hätte. Dass ich Theologe werden sollte, war eigentlich von meiner Kindheit an ausgemachte Sache. In Lausanne wurden aber auch die innere Liebe und Begeisterung für diesen Beruf geweckt. Dies kam vor allem daher, dass es mir durch die Güte des mir bekannten Professors Gautier möglich gemacht ward, an einzelnen Vorlesungen der faculté de l'église libre teilzunehmen. Gerade die seminarartige Methode, die dort gehandhabt wurde, hat mich sehr angesprochen und hat in mir ein lebhaftes Interesse für die Exegese des alten und namentlich des neuen Testaments hervorgerufen. Aber auch an der Akademie, späteren Universität, habe ich mannigfache Anregungen empfangen, so namentlich von dem philosophischen Professor Charles Sécretan. Die schöne Zeit in Lausanne durfte ich mit einer Reise nach Italien beschliessen. Die Eindrücke, die ich auf derselben empfangen habe, lassen sich in den Rahmen einer kurzen Lebensbeschreibung nicht einfügen. Es traf sich sehr glücklich, dass ich die Osterwoche in Rom zubringen und so die ganzen Osterfestlichkeiten, namentlich die Ostermesse in der Peterskirche, mitmachen konnte. Für mich als Theologen, war es besonders wertvoll, den Katholizismus so gewissermassen an der Quelle kennen zu lernen. Dass ich ausserdem einen grossen Genuss von dem Anblick der klassischen Altertümer, des forum romanum, Pompeji hatte, ebensowie von der eingehenden Bekanntschaft mit der Renaissance, brauche ich nicht erst auszuführen. Das Interesse für die Kunst und ihre Geschichte hat mich seitdem nicht verlassen. An diese Reise schlossen sich in späteren Jahren noch viele andere an, so hat mir namentlich eine Fahrt nach Kopenhagen im Sommer 1893 viel Freude gemacht.

Die folgenden Semester brachte ich in Halle zu. War in Lausanne gewissermassen der Grund gelegt, so wurde in Halle der eigentliche Ausbau begonnen. Die Hallenser Fakultät ist wohl für meine theologische Entwickelung von entscheidender Bedeutung gewesen. Ihr durfte ich vier Semester angehören. In Halle schloss ich mich auch der Studentenverbindung Wingolf an, in der ich einen reichen Freundeskreis gefunden habe. Ein Semester noch in Greifswald und eins noch in Berlin, das war der Beschluss meiner Studien. Während an der ersteren Universität mein dogmatisches Verständnis vertieft wurde, gab mir das letzte Semester, da ich nur noch wenige Kollegs zu hören hatte, vor allem Gelegenheit zu Privatstudien.

Ostern 1894 meldete ich mich zum ersten theologischen Examen, doch ein erneutes Auftreten meines Hüftleidens zwang mich, um längeren Aufschub zu bitten, und liess, da eine grössere Erholungszeit nötig war, erst im November 1895 die Absolvierung zu. Seit dieser Zeit gehörte ich als Hospes dem Kgl. Domkandidatenstift an und nahm an den dort betriebenen dogmatischen und homiletischen Uebungen teil.

Sommer 96 begab ich mich zur Vervollständigung meiner Studien nach Greifswald und bestand December 1896 das Doktorexamen in Leipzig. Es sei mir gestattet an dieser Stelle den hochgeehrten Herren Examinatoren, wie der gesammten philosophischen Fakultät der Universität Leipzig für das erfahrene Entgegenkommen und Vertrauen meinen ehrerbietigsten Dank auszusprechen.